DISNEY

魔雪奇緣
FROZEN

精選故事集

·啟迪智慧篇·

新雅文化事業有限公司
www.sunya.com.hk

魔雪奇緣精選故事集
啟迪智慧篇

作　　者：Valentina Cambi, John Edwards, Suzanne Francis
翻　　譯：羅睿琪
責任編輯：楊明慧、陳奕祺
美術設計：劉麗萍
出　　版：新雅文化事業有限公司
　　　　　香港英皇道 499 號北角工業大廈 18 樓
　　　　　電話：(852) 2138 7998
　　　　　傳真：(852) 2597 4003
　　　　　網址：http://www.sunya.com.hk
　　　　　電郵：marketing@sunya.com.hk
發　　行：香港聯合書刊物流有限公司
　　　　　香港荃灣德士古道 220-248 號荃灣工業中心 16 樓
　　　　　電話：(852) 2150 2100
　　　　　傳真：(852) 2407 3062
　　　　　電郵：info@suplogistics.com.hk
印　　刷：中華商務聯合印刷（廣東）有限公司
　　　　　廣東省深圳市龍崗區平湖街道鵝公嶺春湖工業區 10 棟
版　　次：二○二二年四月初版
　　　　　二○二三年十一月第二次印刷

DISNEP

魔雪奇緣2
FROZEN II

安娜的新肖像畫

◆ 靈活處事 ◆

「雪寶，這套衣服好看嗎？」安娜向她最喜愛的雪人問道。

「你看起來漂亮極了。」雪寶說，「一會兒畫師便會到來，我很興奮呢！」

「我也是。」安娜說，「我已經很久沒坐下來讓畫師畫王室肖像了。」

　　「愛莎從小就能擺好姿勢，靜靜地讓人繪畫。我卻是坐不住的，無法留心聽宮廷畫師阿爾夫的指示。」安娜說。

「雪寶，這位就是畫師了。」安娜說。「歡迎你，阿爾夫。」

「女王，你好。」阿爾夫說，「讓我為你介紹，這是我的兒子費恩。」

「安娜女王，很榮幸能認識你。」費恩說。

「幸會呀。」安娜對他說，「你也像你爸爸那樣，會繪畫肖像嗎？」

「會呀！」費恩回答說。

　　「你還記得繪畫肖像時，首要注意的事情是
什麼嗎？」阿爾夫問安娜。
　　「保持微笑？」雪寶說。
　　安娜搖搖頭表示否定。

「坐着時，盡可能一動也不動。」安娜說，「阿爾夫，別擔心，這次會比給我小時候畫肖像容易得多。」

「非常好。」阿爾夫說，「我們可以開始了。」

　　安娜坐下來沒多久，男僕凱伊便推着一大疊文件匆匆
走進來。「打擾了，安娜女王，我有一些緊急的文件需要
請你簽署。」他說。

　　「我們可以小休一會嗎？」安娜問阿爾夫。

　　「沒問題。」他說。

　　雪寶很想幫助安娜。他說：「我的字寫得越來越好
呢！」安娜感謝雪寶的好意，但自己的工作要自己做。

雖然安娜離開了座位去簽文件，但阿爾夫還是繼續畫畫。「爸爸，你真是很有才華呢。」費恩說。

「我只是盡力做好我的工作。」阿爾夫回答說。

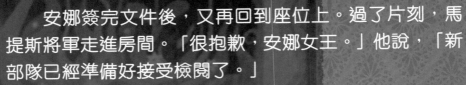

安娜簽完文件後，又再回到座位上。過了片刻，馬提斯將軍走進房間。「很抱歉，安娜女王。」他說，「新部隊已經準備好接受檢閱了。」

「時間到了嗎？」安娜問。

馬提斯點點頭。

安娜向阿爾夫保證，她會盡快回來。「別擔心。」阿爾夫對她說，「我明白你要處理許多事務。」

　　安娜回到房間，女僕葛達為她準備了下午茶。「謝謝你，葛達。我打算先讓阿爾夫完成肖像畫後，才享用茶點。」

　　「我愛吃茶點！」雪寶一邊說，一邊向她們跑去。

　　雪寶跑得太快，一不小心絆倒了。他把葛達撞倒，而葛達端着的那杯茶，正好潑到安娜的裙子上。

「噢，不好了！」安娜說。

「真糟糕！」葛達說，「你快去換一套新衣服吧。」

「對不起。」安娜對阿爾夫說，「我會馬上回來。」

　　看到安娜穿着新裙子回來，雪寶提出一個特別的請求。「畫完你的肖像後，可以讓阿爾夫為我畫一幅嗎？」

　　「當然可以呀。」安娜說。

　　「我要穿上一套新衣服嗎？」雪寶問。

　　「你只需要一些小飾物令自己看起來更突出，例如一條項鏈。」安娜說。

　　「小時候，媽媽送了一件珍貴的小飾物給我。我從未戴上它，因為我想找到合適的場合才佩戴。阿爾夫，請等我一下。」

　　安娜和雪寶趕緊去拿那條項鏈。

　　安娜離開房間後，阿爾夫望向他的兒子。「我永遠都
完成不了這幅肖像。」他說。

　　「你一定能畫好這幅畫。」費恩鼓勵他，「我相信最
終的結果一定能讓大家都滿意的。」

　　聽完這番話後，阿爾夫還是不太有信心。

　　就在安娜回來準備再次坐下時，克斯托夫和馴鹿斯特來了。這頭馴鹿一走進來，立即對阿爾夫的繪畫工具產生興趣。

　　斯特看看畫布，又嗅嗅顏料。顏料的氣味令斯特打了一個大噴嚏！所有顏料瓶都被打翻，顏料向四面八方飛濺！

「哇，你在顏料上滑行呢！」雪寶說。原來
斯特正踩着地上的顏料，不受控制地滑來滑去。

斯特撞上了畫架。「小心呀！」費恩高聲呼叫起來。
「抓住了！」阿爾夫說着，及時接住了那幅肖像。

安娜對繪畫肖像期間出了那麼多亂子，感到非常抱歉。

「假如我有帶上我的工具，我就能為你製作肖像，你不用長時間坐着不動呢！」費恩說。

「真的？」安娜說，「你說的是什麼工具？」

「是我的照相機呀。」費恩回答說。

　　安娜想到一個主意。當阿爾夫為肖像畫最後一筆時，費恩就用照相機拍下，把那珍貴的一刻永遠保存下來。

　　「那真是太好了。」費恩說，「我也很想拍下爸爸工作時的情景呢。謝謝你，安娜女王。」說完，費恩便一溜煙跑去拿照相機了。

　　沒多久，費恩回來了。「請假裝不知道我在這裏為你們拍照。」他對安娜和阿爾夫說。

　　克斯托夫對費恩的照相機很感興趣。「我從未近距離見過照相機呢。」他說。斯特在旁邊探頭探腦。「你也沒見過吧。」克斯托夫對斯特說，「不過這次你最好保持距離。還記得你踩到顏料後所發生的事情吧。」

照相機的閃光燈猛然一閃。「呀！」雪寶叫道。
「咿呦！」斯特也大叫起來。

一星期後，安娜邀請阿爾夫和費恩回到城堡。

「我決定要為阿德爾王國開創一個新的傳統。」安娜說，「就是同時展示兩幅官方肖像。這兩幅肖像太棒了，我不能只掛起其中一幅。」

畫師阿爾夫和攝影師費恩對望一眼，開心地笑了。

魔雪奇緣2
FROZEN II

雪寶當圖書管理員

◆ 創意思考 ◆

安娜和雪寶悠閒地走在阿德爾王國的街道上，他們拿着幾本書想要去圖書館。安娜認為跟雪寶同行是一件快樂事，因為雪寶喜歡分享他在書中看到的稀奇古怪事物。

「松鼠是不會打嗝的，你知道嗎？」雪寶問。

「噢，我不知道呀。」安娜回答說。

安娜和雪寶抵達圖書館時，看到圖書管理員奧德華正準備掛上「暫停營業」的告示牌。「圖書館將會關閉數天，我要回去跟很久不見的家人相聚。」奧德華解釋說。

這個消息令安娜失望極了。「也許另有管理員可以替你看守圖書館，直到你回來。」她說。

不過奧德華似乎不太肯定安娜的建議是否可行。

「我有一個朋友很適合當圖書管理員。」安娜說。

她告訴奧德華這管理員熱愛閱讀，喜歡與人分享故事，又時常給人温暖的擁抱。

29

「那些都是出色的圖書管理員所具備的特質呢。」奧德華深表認同。

「他是誰？」雪寶興奮地問道。

「是你！」安娜高聲說。

「是我？我很樂意幫忙！」雪寶對奧德華說。

「他總是很專心地看書，差點連鼻子都埋在書裏了。」安娜說。

「有時候我也會用鼻子當書簽呢。」雪寶說。

奧德華沒有立即答應。他提醒雪寶，管理圖書館不是想像中那麼簡單，當中包含許多職責。不過，雪寶的熱誠最終還是打動了奧德華，讓他當圖書管理員。

雪寶夢想成真了！他被
書海包圍着，隨時隨地都能拿
起書來讀！他可以靠在窗邊
看書，也可以坐在一大堆書上
看喜愛的小說。現在他只有一
個難題……就是他不知道要
從哪本書開始看起。

　　雪寶整天留在圖書館內看書，有時還會扮演書中的角色，在館內跑來跑去。他一點也不知道自己的舉動已經透過玻璃窗，吸引了街上很多孩子的注意。

　　「雪寶，你在做什麼？」一個孩子問。

　　「看書呀。」他興奮地說，「這是我最喜歡做的事情。」

　　雪寶給進來的每個孩子都遞上一本書。他們都在書中發現了很多新奇的事物呢。

　　「你知道有些蝸牛的舌頭上，長有超過 14,000 顆牙齒嗎？」小男孩說。

　　「嘩，是真的嗎？原來蝴蝶能夠用腳辨別味道呢。」小女孩說。

安娜來探望雪寶了。看到圖書館裏比往日多了很多孩子在看書，安娜感到很意外。

「安娜，你覺得這裏的布置怎麼樣？」雪寶問。

雪寶重新排列過圖書館的藏書。他將一些書本按封面的顏色分類，又把書本疊成螺旋形的高塔，一直延伸到屋頂。此外，還有一道用書砌成的拱門，可以讓人穿越其中。

「這布置真是別出心裁呢。」安娜說。

就在這時，奧德華回來了。

「雪寶，這裏發生了什麼事？」他一邊驚訝地說，一邊望向四周。

「讓我來給他一個擁抱吧。」雪寶低聲對安娜說。

「現在可能不太合適啊。」安娜說。

　　「真是⋯⋯太美妙了！」奧德華高聲說道，
一手將雪寶擁入他溫暖的懷抱裏。

　　這是圖書館有史以來第一次擠滿小讀者！
孩子們希望在這裏發掘更多新知識，他們都想
把書借回家看。
　　孩子們很喜歡雪寶富有創意的書籍布置，
也明白為了找到想看的書，就要將看過的書放
回原處。

雪寶還為圖書館引進不少新書呢！所以安娜便任命他為圖書館的閱讀大使。現在雪寶可以隨時分享閱讀的樂趣，讓更多人感受圖書的魅力。

　　「作為我擔任閱讀大使的第一項活動⋯⋯」雪寶
說，「我想舉辦一個圖書節。我最喜歡不同的節日！」

　　所有人都希望圖書節的活動能夠成功舉辦，安娜、
愛莎、克斯托夫，甚至斯特都竭盡全力來幫忙。

鎮上的人都認為舉辦圖書節是一個前所未有的好主意，第一次的活動已經吸引很多人來參加呢！雪寶他們正開始籌備下次的圖書節活動，希望規模可以更盛大，讓更多人從此愛上閱讀！

魔雪奇緣
FROZEN

尋找獨角獸之旅

◆ 積極探索 ◆

雪寶最愛看書。有一天，他被一本以獨角獸圖片為封面的書吸引住了。他把書中的故事大聲地朗讀給好朋友斯特聽。他們都覺得這個故事精彩極了。就這樣，雪寶將故事重新讀了一遍，又一遍，再一遍。

「假如我們能遇見獨角獸，那不是很厲害嗎？」雪寶問。斯特發出呦呦聲，表示同意。

「那麼……如果我是一匹額頭上長着長角的神奇駿馬，我會住在哪裏呢？」雪寶問。接着，他深吸一口氣，「是魔法森林，一定沒錯！來吧，斯特，我們去吧！」

　　雪寶和斯特抵達森林時，看到愛莎正輕撫着一頭
小馴鹿。「在這裏遇見你們，好驚喜啊！」

　　雪寶告訴愛莎他們正準備展開一場大冒險。
他傾前身子低聲說：「我們在尋找獨角獸。」他
問愛莎知不知道在哪裏可以找到獨角獸。

　　「我不知道呢，不過我很樂意跟你們一起去
尋找。」愛莎說。

雪寶一馬當先，帶領大家一起
尋找獨角獸。

沒多久，他們遇上大地巨人。雪寶抬頭望向巨人們，並跟他們揮揮手。

這時，他想到一個好主意。「或許大地巨人可以幫助我們看得更遠呀。」

大地巨人將他們舉到高空，雪寶忍不住咯咯地笑起來。

從半空眺望，魔法森林真是美麗極了，不過他們並沒有發現森林裏有獨角獸。

雪寶指着一團雲。「嘩，看起來真像獨角獸呢！」

大地巨人將他們放回地面之際，風之靈
基爾呼呼吹來，搔了搔雪寶。

「我們有成員了。」雪寶說，「基爾，
你喜歡獨角獸嗎？」

基爾吹過雪寶的樹枝頭
髮，將它們扭在一起，變成
像獨角獸一樣的角。

58

接着，基爾起飛，帶領大家穿越森林。
他們都緊緊跟在基爾後面呢！

　　大夥兒在一片廣闊的草地上停下來，這片草地
開滿了色彩斑斕的花朵。

　　「這裏似乎是獨角獸喜歡出沒的地方呢。牠們
最愛蝸牛和蝴蝶了。」雪寶說，「我看過的一本書
是那樣描述的。」

突然傳來一陣沙沙聲，有東西在花叢裏移動！
「希望是獨角獸……希望是獨角獸……」雪寶
一邊說，一邊躡手躡腳走近花叢看個究竟。

雪寶在花叢間仔細查看，卻出乎意料地發現……火之靈小布！

小布加入了冒險隊伍，並指出泥地上有一些蹄印。

「那些蹄印可能是獨角獸留下來的。」雪寶說。

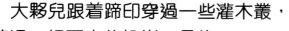

大夥兒跟着蹄印穿過一些灌木叢，還繞過一棵巨大的橡樹，最後回到森林。

他們來到樹下，看見的竟然是……斯特！原來這頭馴鹿為了尋找零食，跟大家走散了。

雪寶靈機一動，想出一個好方法。「如果我們和一隻獨角獸在一起，也許另一隻獨角獸會跑出來跟我們打招呼呢。」他推斷着說。接着他低聲地向愛莎說出他的計劃。

愛莎笑了，她揮一揮雙臂，向斯特施展魔法。

雪寶很欣賞愛莎的傑作。「這計劃一定會成功的。」
他一邊說，一邊拍拍斯特，「我有預感。」
大夥兒繼續穿越森林。

經過一條小溪的時候，雪寶看見水面上有一個倒影……是一匹美麗的長角駿馬——獨角獸！

　　雪寶立即轉身一看……原來是水之靈諾克！他的頭後恰好有一根樹枝伸出來，令他的倒影看起來像一隻獨角獸。

　　水之靈想要加入他們的隊伍，不過奔波了差不多一整天，雪寶累透了。「現在怎麼辦呢？」他說，「也許我們應該回家了。」

　　「別灰心！」愛莎說，「距離天黑還有一段時間。」

雪寶點點頭決定繼續搜索，大家向着黑海前進。

雪寶站在岸邊，轉身望向他的好朋友。

「謝謝大家陪我一起找獨角獸。」他說，「對不起，始終找不到……」

「雪寶！」愛莎打斷了雪寶的話。

「不要緊，愛莎。」雪寶說，「我不難過，因為……」

「雪寶！」愛莎說着，指向前方。

「愛莎。」雪寶說，「我想在這裏分享我的感受，但是你一直……」

愛莎忍不住抓着雪寶的肩膀，讓他轉身望向大海。

69

雪寶望向大海時，看到一根螺旋形的長角，他不禁歎了一口氣。

　　那生物躍出了水面。「牠不是獨角獸。」雪寶說，「牠
是獨角鯨。」

　　愛莎失望地說：「噢，雪寶……」

　　雪寶轉身望向大家，臉上掛着燦爛的笑容。「獨角
鯨可說是海洋裏的獨角獸呢！」他微笑着說，「我們找
到了！」

　　大夥兒目送獨角鯨游向遠方，然後一起返回森林裏。

　　雪寶和斯特剛回到城堡，便看見安娜和克斯托夫。
　　「我還在猜你們去了哪兒呢。」安娜說，「我們要開始講故事了嗎？」
　　「好呀，今晚讓我來講故事。那是一場名副其實的冒險。」雪寶說，「故事是由我和斯特開始的。」
　　克斯托夫和安娜坐好，準備專心聽雪寶的精彩故事，而斯特卻在一旁幾乎打起鼾來。今天真是忙碌的一天呢。